Joachim Engewald

Auge im Argen

Für Katrin

in Dankbarkeit

Joachim

24.6.2021

Verlag: epubli GmbH, Berlin
Umschlagbild: Joachim Engewald
www.epubli.de
ISBN: 978-3-7450-9345-2

Joachim Engewald

Auge im Argen

Gedichte

Auge im Argen

Es ist, als ob sie etwas niederhält

Es ist, als ob sie etwas niederhält,
das Eigne bleibt verborgen;
sie tragen ihre Herzen aus der Nacht.

Gemeine Macht hat sie verbellt,
es sind die Stämme schon gefällt,
das Scheitespalten reißt den Morgen.

Das Arge ist entfacht.

Alles ist weiß

Fliehen, nur fliehen!
In den Nebel,
– er löscht sie aus.
In die Wolke,
– sie löst sich im Licht.

Die Bedränger stoßen
ins Nichts.
Alles ist weiß.

Wer legte den Nebel,
hob die Wolke?

Wenn die Wärter schlafen

Wenn die Wärter schlafen
und mit Stolz von ihrem Totholz träumen,
dann werden die Bleichen in ihren Räumen
an den geöffneten Fenstern stehen,
wo die nahen Eichen sie sehen
und ihre glänzenden Kronen
den Gefangenen durch die Stäbe reichen.

Bald werden in einer der Nächte
durch die Schächte
die Hände der Eichen
auch bis zu den schlafenden Wärtern reichen.

Trockene Dornen

Die Treiber
schlagen mit ihren Stöcken die Bäume,
aber die Bäume bleiben stumm.
Die Treiber
schreien aus ihren roten Köpfen in die Dämmerung,
aber die Dämmerung verschlingt den Lärm.
Nur die trockenen Dornen
unter ihren Füßen
knistern leise, sehr leise.

Doch die Treiber hören es nicht.

Alles hat ein Angesicht

Nattern schlagen keine Wunden,
weiße Monde trauern nicht.
Alles hat ein Angesicht,
lebt im Haus aus reifen Stunden.

Nattern suchen sich im Licht,
Monde freundlich sie umrunden,
– bis die Hasser sie gefunden,
und ihr Glanz zerbricht.

Die Versprengten

Hetzer nahen den Versprengten;
wächsernbleich aus den Verstecken
hasten zitternd die Bedrängten,
aus der Nacht der alten Schrecken.

Es erwacht die warme Erde
und mit ihr die Himmel beben,
atmen Flüchtender Gebärde,
rufen Wälder auf zu weben

aus den Stämmen Barrikaden,
Wolken, bleiern zu erdrücken
alle, die das Licht verraten
und die Angst ins Leben rücken.

Im weiten Sternenwolkenplan

Im weiten Sternenwolkenplan
verlieren sich all jene
nach müdgetretner Tage Bahn
und langer Nächte leerer Träumer-Szene.

Noch halten sie die Einsamkeit
in ihren kaltgewordnen Händen.
Doch irgendwann trifft dieses Leid
auf das der Andren und ein Funke wird zu Bränden,

erhellt dort unten und erschreckt die Welt,
– ein Feuer fällt.

Schwarz wankt die alte Tanne

Schwarz wankt die alte Tanne dort im Wind. –
Gespaltne Stämme liegen an der Wand. –
Es streut die Asche aus der warmen Hand
dem weißen Wintersturm ein kleines Kind.

Blattgerippe

Blattgerippe, Todesengel-Flügel.
Altes Sonnengrün weht nun als Staub
über herbstwind-kahlgeschorne Hügel,
tanzt im flauen Licht verloren, taub.

Die Verwaisten

Ihre Wildheit wohnt noch im Geäst,
Schwingen wehten Sterne über Wipfel.
Weiter zogen sie zu ihrem Fest.

Und die sie mit Nähe niemals speisten,
stiegen auf die höchsten Gipfel,
sahen wie die Vögel ferne kreisten
dort, wo niemand sie verlässt.

Die Erde erzittert

Die Erde erzittert unter dem Lauf der Getriebenen.
Offen liegen die Felder, schutzlos.

Doch der mächtige Wald bäumt sich auf,
wirft seinen Mantel über die Verfolgten,
verbirgt sie sanft in seinem Saum.

Früchte fallen von den Bäumen der Nacht
und speisen die Geborgenen.
Und Sterne fallen aus ihren schwarzen Schleiern
– und blenden die Verfolger.

Die Schrecken

Die Schrecken reißen die Erde.
Sie öffnet ihre Brunnen und stillt
das brennende Wild,
die schreiende Herde.

Und die verletzte Erde verschlingt
die aschgrauen Schinder
und trägt die trauernden Kinder
in eine Welt, die vor Freude zerspringt.

Im Hell der Buchen

Im Hell der Buchen klingt wie Silberringe
verspieltes Blätter-Licht.

Es fällt ein Vogel in geheimer Schlinge,
– und alles Licht zerbricht.

Klage liegt im Winterfeld

Klage liegt im Winterfeld,
zu spät die weißen Tiere nahten.
Auf dem Hügel prahlt ein Held,
zertrat das reiche Herz der Saaten.

Seiner heißen Gier nach Macht
kein Brot, nur Not und Tod entstammen.
Feuergeißel ist entfacht,
die weißen Tiere stehn in Flammen.

Erloschen waren die Sterne

Erloschen waren die Sterne,
ein Spiegel zerbrach ihr Licht.
(Nur einmal sah er von Ferne
– ein Menschen-Gesicht.)

Reifgrauer Schmerz

Reifgrauer Schmerz
überzieht das Land.
Der Himmel
verbirgt sich.
Doch in der Erde
gärt Ungeduld.
Über den schwarzen Dächern
zittern die Siegesfahnen.

Vögel werden kommen
und die Not verschreien.

Die Weißen

Die Weißen reichen
umwölkte Gaben
den aufgebrochenen Leibern hin.
Sie heben die Körper
aus ihren Lagern
zum Lichten,
– erschweigen der letzten Stimmen Sinn.

Die Reißer ziehen
zu ihren schwarzen Gerichten,
verfluchen den Himmel,
– und treiben dahin.

Die Ascheträger

Endloser Zug
der Ascheträger:
sie steigen
die knöchernen Leitern
empor
und streuen
dem bleichen Himmel
den Totenstaub
in die Augen.
Und der Himmel flieht
in einen anderen.

Der Schläfer

Der Schläfer erwachte
– und zerriss seine Kleider.

Alte Wiesen

Alte Wiesen leblos hängen
in den schmalen Wege-Seilen.
Keiner greift aus hohen Rängen
nach den mürb gewordnen Strängen,
sucht sie sicher zu verkeilen
in den leeren Tageslängen.
Nur der blaue Tau wird eilen.

Schwarzer Atem

Zerstiebendes Mondweiß.
Aufglühende Eichen.
Verwehte Saat.
Hinfliehende Hände.
Die Luft gerinnt.
Im Sonnenschatten.

Schmerz

Schmerz härtet die Wolken;
blechern vernarbt das Gewölbe.

Zerschellt
die Traum-Preziosen der Nacht.

Im Dunkel der Eichen
läutet ein bleiernes Grau.

Ruheloser Blick
streift den zögernden Horizont.

Späte Gedanken

Unter harten Händen verdarben
das Wort,
das Brot.
  Entblößte Stimme,
  entblößte Erde.

In die blassen Sterne verschlungen
das wilde Haar,
die alten Bilder.
  Verhüllte Schöne,
  verhüllte Schätze.

Morgengrauen.

Die rote Erde

Die rote Erde brennt
im Salz der starren Augen.
  Schwarze Gassen,
  stille Blumen.

Das alte Haus zerspringt,
die Treuen sich umarmen.
  Trauerfelder,
  dunkle Lieder.

Der Sichelmond geht auf
und reißt die Haut der Brände.
  Weißer Herzen
  Flügel schlagen.

Auf der Brache lastet Nebel

Auf der Brache lastet Nebel,
stickend schwere Würgeflut
für die hellen, feinen Erdenstimmen.
Doch verborgen reine Keime glimmen,
treiben bald zur Sonnenglut,
sprechen Licht dem grauen Nebel.

Johlheld

Johlheld steht im Felsen-Joch.
Zuckende
in seinen ausgelegten Schlingen.

Keiner entkommt,
wird hinüberleben
in die Sonnenseite.

Das steinerne Meer ist ruhelos.
und die Wolken beben vor Zorn.

Das Brot verdirbt.

Arglistschlingen

Arglistschlingen,
bleivergossen,
ausgeworfen.

Die Arglosen,
versenkt
im blutigen Siegestaumel,
mund- und augentot.
Gedankenrot.

Schäbiger Heldenschatten
aus versteinertem Sternenglanz.

Heldennacht.

Die trauernde Frau

Wolken bluten,
– die Hoffnungen schweben
im gestrigen Blau.

Ängste fluten,
– ein lichtes Erheben
zur endlosen Schau.

Götter ruhten,
– erwachen ins Leben
der trauernden Frau.

Der violette Morgen

Gelbkranke Nachthaut
sehnt den violetten Morgen,
den treuen Mund
als leuchtendes Fanal.

Brüllsteine wachen
an den Pforten,
verschäumend
Zeit und Zahl.

Noch steht die kalte Ortung,
Norden,
der Schmerz
im stählernen Portal.

Gog und Magog fliehen

Zungenlösen,
Augen aufgelichtet:
Gog und Magog fliehen.

Stimmen schwärmen,
Blicke stürmen.
Not vertrieben aus der Öde.

Macht der Worte,
weite Helle.
Stein zu Brot.

Blinder Schauer

Verzweifelte Blicke wühlen sich
in den schwarzen Himmelsgrund.
Sterne lösen sich
aus ihren Höfen,
fallen als blinder Schauer
in die Augen der Bestürmten.

Kein Balsam.
Nur die Treiber tanzen
im kalten Licht.

Über grauen Hainen

Schweißtuchfahnen
wehen über grauen Hainen.
Die versteinte Sonne
zieht in kaltem Bogen
treulos ihre Bahn.

Rosenwolken
gehen auf die Gräber nieder,
bergen die Verscharrten
in den lichtgetränkten Liedern
ihrer Düfte Ozean.

Spießgesellen

Starre Nacken.
Steile Schritte
stampfen,
zertreten
die Schösslinge.

Tumber Tross
nährt
die Recken.

Es krümmen sich
die Bangen.

Ein Vogelschrei
zerschneidet
das finstere Gewölk
und die Spießgesellen
ertrinken
in ihrer stinkenden Gedankenflut.

Licht der Feuerhöfe

Licht der Feuerhöfe
zeichnet an den bleichen Wänden,
was noch nie geschah.
Sternenaugen schrecken,
schleudern in die Feuerschalen,
spalten Flammentympana.

Himmel beben,
Erderheben.

Feuerschütze
stürzt.

Der Feuersohn

Das schon gestern Angefachte,
Feuersohnes wieder aufgerissnes Maul,
schreit die altbekannten Giftgestirne
in die hohlen Schädelhallen.
Fratzenschäume
quellen, böses Lallen,
schwarzer Atem, faul.

Draußen stehen weiße Bäume,
spannen eine goldne Haut
über ihre letzten Früchte.
Und die Rosen schweigen unbetaut.

Der rote Mond

Der rote Mond hat die Welt zerschaut.
Er hängt herab über leeren Opferschalen.
Werden die Sterne das Dunkel der Nacht erstreiten?
Nur noch Rauch aus den Wäldern.
Und an die Bäume trommeln.
Keine Weihe.

Winzige Gestirne

Winzige Gestirne
streifen die verklebten Augen.

Kristallnes entzeichnet
die Verheerung.

Lichtung.

Die Lichtung

Violette Düfte steigen,
leuchten weitem Wolkenland.
Wilde Wipfel streiten
um den Sonnenrand.

Menschen, fern der Lichtung,
tasten mit gesenkter Hand
in den Räumen ihrer Trübung
nach gefallner Hoffnung Band.

Alter Staub

Alter Staub folgt stählerner Parade.
Bangend beugen sich die Schwachen,
reine Hände vor den blanken Augen.
Aber ihre Münder öffnen sanft wie Blüten
bunte Klänge, – steigen leise,
– fallen donnernd als Kaskaden:
glänzend hallt das nächtliche Gewölbe.

Stählerne erzittern, stürzen, brechen;
Fahnen reißen, fallen in den Staub.
Und die Schwachen stehen auf.

Die Hoffnung

Die Hoffnung stieg zu weit
in den Morgen hinein;
– sie fiel zurück in die Nacht
und wühlte sich zornig
durch alle Glieder der Träumenden.

Sollen sie nur kommen,
die Feuerfäuste.
Wir werden sie binden
und in ihre grauen Abende stoßen.

Tote Vögel fallen

Tote Vögel fallen
in den flackernden Mohn.

Himmelhasser starrten
in den flirrenden Flug.

Bleiche Kinder flüchten
aus dem blutenden Traum.

Letzter Raum

Ihr matter Atem
streift nur noch gebrochene Augen.

Niederneigen im Schweigen,
vertrauter Nähe letzter Raum.

Feuerfahnen wehen.
Der Wald stürzt.

Hammerwerk-Herzschläge.
Verharren.

Und der Altmond
flieht ins Aschgrau.

Aus bösen Sonnen

Aus bösen Sonnen quellen
giftgetränkte Pilzgestirne,
treiben in das blaue Band.

Violette Äste fallen von den Bäumen,
verstörte Knospen in den schwarzen Sand.

Die Luft gerinnt,
zerstäubter Glanz von grauen Amethysten
in einem neuen, menschenleeren Land.

Kaltherz

Kaltherz schlug im Argen.
Auge schlief im Fels.
Unbehauste bargen
Lichtgesicht des Quells.

Mondne Schöne singe,
löse aus dem Stein
Blicke und umringe
uns in sanftem Schein.

Schützen

Eiben treiben Pfeile
durch die Flügel.

Träume stürzen
wie Kometen aus der Bahn.
Schweife reißen,
Bilder glühn in Todesflügen.

Möwen fliehen.

Schützen spannen wieder ihre Bögen.

Das Arglose

Das Arglose wurde ihnen herausgerissen
– und der Himmel entblößt.

Blitzschlag
in dunkel-geweitete Augen der Lauernden,
– licht-verschlossen,
zu brennendem Schatten versiegelt.

Arger Dunst

Arger Dunst steigt aus dem Hinterhalt.
Doch die Bangen reichen ihre weißen Herzen
in die Röte Ihres Morgens.

Licht wird niederfallen auf die Schützen:
die Gesichter werden brennen,
trübe Augen ohne Ziel.

Aufrecht gehen die Verfolgten
aus den Bildern.

Ein Anderes

Ein Anderes hat ihnen die Fährte gelegt.
Sie greifen nach den schimmernden Perlensträngen,
sternenumwundenes Blau des Taus
– im Keimen des Morgenlichts.

Das alte Grauen verliert sich,
letzte kreisende Ahnung.
Und das Geschrei zerflackert
in den schwindenden Wäldern.

Dort drüben lebt ein Hell,
und wach.

Gleichgewicht

Das Blütenblatt

Und Rosenblüten Mund in Mund
nach innen sich verschlingen,
bereit, wie strahlend außen schon,
den hohen Sphärenton zu singen.

Und jeden Tag ein neues All-Gesicht.
Doch wenn das erste Blütenblatt zur Erde fällt
und niemand es im Licht dort oben hält,
verliert die ganze Welt ihr Gleichgewicht.

Abgeworfen das Alte

Abgeworfen das Alte,
das Verblühte
und im Leben Verglühte.

Kalte Ascheschleier
sinken in wägende Schalen,
malen zur letzten Feier
dir ein andres Gesicht.
Und die Waage schlägt aus: Gericht.

Das umgeworfene Tier

Das umgeworfene Tier liegt
wie erstarrt auf der Erde,
die Beine mit einem Strick
zusammengebunden.

In seinen aufgerissenen Augen
glänzt der weitgespannte Himmel,
den zwei Schwalben durchtanzen.

Die alte Tür

Herausgerissen
die alte Tür, vor der wir Kinder
auf ausgetretenen Stufen saßen,
uns lachend wie in einem ungetrübten Traum erschufen,
die Sonne und das Wolkenmeer vermaßen.

Die Tür war uns eine noble Gestalt;
sie strahlte als Rautenstern
aus einer fischgrätgefalteten hölzernen Haut,
sonnengegerbt, harte und weiche Jahre
eingebrannt in die Zeit.
Wir waren jung – und sie war schon damals alt.

Als die Tür dem kleinen Haus aus dem Gesicht gerissen,
erschraken vom Lärm und verschwanden für immer die
Grillen.
Die Reißer hatten nur ihren blinden Willen.

Mondsichel

Endlich, aus Verborgenheit der Tageshelle,
erster Lichtschrei neugeborner Sichel
an der Abendstille Schwelle.
Kreisgekrümmter, zartgenarbter Himmelsstichel
hakt sich ein am Horizont.
Zwischen letzten Wolkenfetzen,
glühend weiß besonnt,
ein vergeblich Widersetzen:
schwere Erde walzt voran, entlässt sie aus der Sicht,
taucht sie hinter sich in unerschöpftes Licht.

Vorfrühling

Noch weite, graue, raue Bleiche,
und über ihr das schlafende Geäst.
Doch lange vor der Tage Gleiche,
das Reich der ersten kleinen Kelche lässt

sein Weiß zu Sternenschweifen reifen,
gestreut dem altgewordnen Apfelbaum,
und zarte Kinderhände greifen
nach ihnen auch noch nachts in ihrem Traum.

Libellenaugen

Libellenaugen, pralle Doppelsonnen.
Fein eingespannt in ein Vielblickenetz,
das Morgenlicht zu tiefem Blau versponnen,
und wenn der Kopf sich ruckend reckt,
ein Schimmer Rot des Violetts.

Die Wärme hat sie aufgeweckt
aus vieler Nächte Winter,
sie eingelassen durch das Sonnentor,
– und noch ein Raunen Wartender dahinter,
und Staunender davor.

Das Cello

Dem Kind verschwammen die Gedanken.
Gebannt in einen rot und seidenmatt
gebeizten Leib aus einem feingestreiften Blatt
aus Holz, erschien es ihm, als ob bei jedem Ton
an dessen Flanken wie ein Atmen und ein Schwanken.

Sein Vater, ganz verschlungen schon
mit seinem Instrument, er liebt es,
verschwand in der Musik.
An der ihm schönsten Stelle doch, erhob er seinen Blick.
Aus seinen Augen strahlte wie Kristall
zugleich so Hohes und unendlich Tiefes:
sie waren beide Eins in diesem Augenblick,
ganz nah in einem sonst so fernen All,
– er rief es.

Der Schatten

Du kleiner violetter Fleck da unten,
zwischen Steinen abseits am Wegrand.

Mein mächtiger Schatten legt sich auf dich.
Warum zitterst du vor mir? —
Ach nein, es ist der Wind.

Ich beuge mich zu dir hinunter.
Mein Schatten wird kleiner
und deine Süße kommt mir immer näher;
niemand kann sie vertreiben.

Fünf Blättchen flattern dir zur Blüte,
wie frech aufgeworfene Hutkrempen
aus feinstem Samt. Elf Gesichtchen;
sie lachen über meinen Schatten.

Wurm und Wal

Wurm und Wal.
(Sie haben lange schon ihr Bild vollendet.)

Die Pole schmelzen aus dem Ruder.

Wurm und Wal,
gebt mir noch eine Zeit, –
bevor ich eure beendet habe.

Sein Haar

Das Silber der Pappel-Fackeln
stieg in den zerblitzten Himmel.
Verdampfte Höfe.
Hautlose Erde.
Erblindete Sterne.

Sein Haar zerfiel
in der vergilbenden Luft.

Das Auge der Rose

Ich blicke in das Auge meiner Rose.
Sie fragt mich: Wer bist Du?
Ich antworte ihr: Ich weiß es nicht.

Siebenachtelmond

Siebenachtelmond steht still;
wer kann ihn drängen?

Und wenn alle Sterne vor Wut zersprängen,
und alle Weisen den Himmel verhängen,
und alle Freunde mein Totenlied sängen,

– ich will.

Inhaltsverzeichnis

Auge im Argen

Joachim Engewald

Geboren 1948 in Königsberg/Bayern,
Kindheit und Jugendzeit in Haßfurt am Main.
Hochschulreife in Berlin und abgeschlossenes Design-Studium (Innenarchitektur) an der Hochschule für bildende Künste.
Studium der Kunstpädagogik und Kunstwissenschaft an der Universität Kassel (ehem. Hochschule für bildende Künste).
1. und 2. Staatsprüfung für das Lehramt an Gymnasien.
Lehrtätigkeit in den Fächern Kunsterziehung und Ethik am E.T.A.-Hoffmann-Gymnasium in Bamberg bis 2012.

Veröffentlichungen

„Später Zeiten Traum", Gedichte, 2014,
ISBN 978-3-8442-9596-2

„Von Rosen und Menschen", Gedichte, 2015,
ISBN 978-3-7375-3094-1

„Hoch oben", Gedichte, 2016, Neuveröffentlichung des gleichnamigen Bandes von 2013, ISBN 978-3-7418-0436-6

„Warst Du der Wind", Gedichte, 2016,
ISBN 978-3-7418-3554-4

„Noch weites Land", Gedichte, 2018,
ISBN 978-3-7450-9339-1

„Du Schöne", Gedichte, 2019,
ISBN: 978-3-7450-9340-7

ISBN 978-3-7450-9345-2
9 783745 093452 0000
www.epubli.de